U0518406

播火记

——诗记渭华起义

王旺山 著

陕西师范大学出版总社 西安

图书代号　SK25N0300

图书在版编目（CIP）数据

播火记：诗记渭华起义 / 王旺山著 . -- 西安：陕西师范大学出版总社有限公司，2025.3. -- ISBN 978-7-5695-5159-4

Ⅰ . I227.3

中国国家版本馆 CIP 数据核字第 2025KX8368 号

播火记：诗记渭华起义
BOHUO JI :SHIJI WEIHUA QIYI

王旺山　著

出 版 人	刘东风
出版统筹	曹联养　侯海英
责任编辑	景　明　秦　玥
责任校对	张爱林
出版发行	陕西师范大学出版总社 （西安市长安南路 199 号　邮编 710062）
网　　址	http://www.snupg.com
印　　刷	西安五星印刷有限公司
开　　本	889 mm×1194 mm　1/32
印　　张	6.5
字　　数	100 千
版　　次	2025 年 3 月第 1 版
印　　次	2025 年 3 月第 1 次印刷
书　　号	ISBN 978-7-5695-5159-4
定　　价	69.00 元

读者购书、书店添货或发现印装质量问题，请与本公司营销部联系、调换。
电话：（029）85307864 85303635 传真：（029）85303879

序言

原野上飞起一只火鸟

刘立云

　　显然，《播火记》是一部军事文学作品，又是一部质量较高的党史军史普及教育读物。它以诗歌的形式，再现了 97 年前轰轰烈烈的渭华起义。运用诗歌的形式，反映这样一个重大革命历史题材，除去正面强攻，沿着历史的脉络循序推进，在夹叙夹议中实现积极的、蓬勃向上的叙述和赞美，别无他途。因为但凡虚构，或者发挥文学的功能标新立异，都将与这个题材的意志背道而驰。这就决定了诗人必须"戴着镣铐跳舞"。王旺山对此心知肚明。因而阅读他这部作品，面对那场壮烈的血迹斑斑的历史大搏斗，我们能明显感到他有着军人般的克制、隐忍和令行禁止。换句话说，他在努力践行这类作品不可逾越的规定动作：尊重史实，尊重地域文化，对历史进程和历史人物的英雄壮举满怀崇敬；作品的风格和主调，昂扬、悲愤、沉雄、壮阔、慷慨当歌，如同经过烈火熔炼的诗句优美亮丽、铿锵作响。作为这首长诗的主旋律，他对渭华起义的讴歌和赞颂准确而富有想象力："一把燃烧的火炬／一棵苍劲的古槐／一幅镶嵌在大地上的标语／一杆简陋的火枪／一柄断裂的长矛／一面手工缝制的革命军战旗／一座寂静的古寺庙／一张张英气勃发的老照片／一个个陌生而又熟悉的名字／散落在秦岭北麓／二百平方公里的战斗歌谣／早已经茁壮成森林／在纪念馆广场前的水影里／我看到了我／找到了几代人前仆后继的足迹。"或者采用复调的方式，一咏三叹："她是一首民谣／她是一首诗歌／她是一篇战斗的檄文／她是一把带血的尖刀／她是一杆火枪／她是穷苦人希望的明灯／她是渭华大地生长出来的一片青纱帐／她是喝渭河水长大的女子／她是一心向党的赤子／她是一颗革命的火种。"

　　形象、生动、含蓄、饱满，在此我们清晰地看到了中国传统军旅诗从古至今所弘扬的家国情怀和壮士一去不复还的铮铮铁骨，听到了刘邦《大风歌》、曹操《观沧海》、杜甫《兵车行》、王昌龄《出塞》，以及现代光未然《黄河大合唱》、田间《给战斗者》的余韵。更具体的歌唱还有："他们是一群夜行者／盗取天火的侠客／他们把自己锻造成镰刀锤头／给利刃喂吮自己的鲜血／给穷乡僻壤的百姓／劈开蒙昧的荆棘，让自由之光／普照山川河流。"这种激情满怀击节而歌的创作手法，有如电影镜头从全景推向近景，从近景再推向纤毫毕现的特写。至于"红色的氤氲里／一千多名共产党人／像闪烁的烈焰／像炸裂的火花／以火的热烈／以光的迅疾／以雷的无畏／深植在广袤的渭河平原／茁壮在渭华大地"，一如音乐中华美的呈示，从风烟苍茫的历史天空回到绵延起伏的地面，而这个地面，是秦岭北麓大片大片先烈们用鲜血浇灌的热土。他们的怒吼声、呐喊声，刀剑的撞击声，还有在黑暗势力面前承受的鞭打声、杀戮声，甚至鲜血的喷射声和汩汩流淌声，是那么的清晰、那么的残忍、那么的触目惊心。长诗写到最后那场在刘志丹指挥下，西北工农革命军总指挥唐澍、政治部主任廉益民、军党委书记吴浩然先后壮烈牺牲的恶战，薛自爽带领魏家塬的农民自卫队赶来拦截强敌，与他们作最后一搏，文字悲愤交加，场景栩栩如生，如炽热的火焰熊熊燃烧："薛自爽转身飞奔三教堂／敲响了门前的大钟／此刻，铁铸

的大古钟 / 轰鸣着 / 啸叫着 / 在村庄上空激荡着 / 一声接着一声 / 一声紧似一声 / 撞击着我的耳膜 / 钟声就是命令 / 五六百名起义农民 / 赤卫队员，手拿锄头、长枪 / 大刀、长矛 / 紧随在薛自爽身后 / 端着武器 / 猫着腰 / 一群一群往坡上爬……"惊心动魄的描述、令人如临其境的细节，让这部名为《播火记》的作品烈焰升腾、火光四射，充满火的热烈、火的质地和亮色。

处理重大历史题材，沿举世公认的历史事实和时间轴往前推进，往往因矛盾冲突的纷繁激烈、人物关系的尖锐复杂和事件的盘根错节，而陷入冗杂又枯燥的叙述之中，使作品的文学想象力和诗歌的意蕴大大受限。怎么解决这个问题？诗人的聪明做法是让"我"出场，让"诗写"遇到的问题由诗歌来解决。王旺山《播火记》中的"我"，不仅是以起义者的后人，而且是以诗人的"本我"出现的，所以大部分时间处于潜伏状态，当事件需要诗人干脆利落地做出评判、总结和升华时，他便呼之欲出、召之即来，清醒地站出来直接掌控作品的进程，这使人物和矛盾的纠结化干戈为玉帛，迅速出现云开雾散的境况。这样的例子在长诗中频频出现。譬如，当起义队伍退至秦岭，国民党军和当地民团对他们进行残酷围攻，战场即将血流成河、尸横遍野时，诗人忍不住从幕后走向前台，沉痛并满含歉疚地解说道："我来晚了／失约那场可以证明／我不是孬种的较量／我看到／那么多的人／那么多的车／专注于山村的清凉／追逐山路的弯曲／可我时常凝视山巅之外的远方／那一片红云／那红云里的故事／把它的某一个细节打开／怀想，或者沉思／一次次突围，凝固的是时间／敞开的是悬崖、峭壁／和发红的枪管／喷射火焰的枪口。"又说："但我不能沉默／我在高塘塬的每一个皱褶里／寻找他们的足迹／五月的花开了／山青了／塬绿了／枝繁叶茂／我怕惊扰他们／我对着斑驳的照片／一个一个地确认／生怕漏掉了某一个伟大的名字／──刘志丹、唐澍／刘继曾、王泰吉／吴浩然、康益民……"在这里，诗人既避开了先烈们英勇献身的血肉横飞，又表达了对他们发自心底的敬意。类似的片段，还有诗人在几十年后前往旧战场，睹物思人，对沉睡在地底的殉道者所表达的由衷爱慕："我刚从南梁归来／但我不能止步／我要去寻梦／我要去祭拜／我要替逝去的英灵控诉／为那片沃血的土地歌哭／我不顾春峭夏暑／秋热冬寒／一年四季／行走在渭华这片土地上／带着敬仰／怀着虔诚／开始我的长征／在渭河两岸的阡陌村庄／在九里高塘的沟壑山林／在崇凝塬的山川河道／在跋涉中寻找／寻找历史尽头的真相。"经过惨烈战斗，起义失败了，唯一幸运的是起义的最高领导人刘志丹活了下来，他从血泊中站了起来，掩埋同伴的尸体，以他的身心作为渭华起义保存下来的一粒火种，深藏于渭南和陕北民间。在之后的百年奋斗中，他以不屈不挠的形象站在人间："一棵五百岁的老槐树／赫然伫立在崖畔／一树苍劲／一片浓荫／仿佛在等待我的来访。"

"原野上飞起一只火鸟"。读王旺山的这部长诗，说不清为什么，我牢牢记住了他在作品后半部纵情写下的这句诗。我觉得渭华起义作为一种诗意表达长期萦绕在他脑海里的这一形象，也是他用心用力写下的这部诗歌最终给我留下的深刻印象。而我想说的是，诗人看到的那只火鸟，我也从他的诗里看到了，我清晰地看到它在历史的天空飞，在人们的心里飞。

是为序。

2025 年 1 月于北京

目录

闹革命，不怕杀，死了老子还有娃；

一棵树，千条根，穷苦百姓杀不尽；

春风吹，根又生，革命早晚要成功。

——渭华民谣代题记

序　诗

在喧嚣中伫立的雕像

此刻，我拾级而上

身后是绵延如水的秦岭

千锤万凿的石条，在脚下延伸

从心底升起——

这不是普通的台阶

不是装饰，尽管有些粗糙

沉默的石头

心中澎湃着秦岭的巍峨

汹涌着黄河的浩荡

九十七年不算短

可我还是听到了炸裂的枪声

看到了猎猎的战旗

和被赤卫队员鲜血染红的石头

遗址尚存

翠柏吐芳

在狭窄的山谷里

在流淌的吉家河畔

在苍茫的原野上

在静谧的灌木丛中

翻阅历史

哪怕一个细小的皱褶

一个普通的名字

一声轻微的呻吟

也会让我惊叹不已，或者

悲喜交加

由衷地发出一声哀叹

为逝去的英魂

为曾经迷茫的自我

一把燃烧的火炬

一棵苍劲的古槐

一幅镶嵌在大地上的标语

一杆简陋的火枪

一柄断裂的长矛

一面手工缝制的革命军战旗

一座寂静的古寺庙

一张张英气勃发的老照片

一个个陌生而又熟悉的名字

散落在秦岭北麓

二百平方公里的战斗歌谣

早已经茁壮成森林

在纪念馆广场前的水影里

我看到了我

找到了几代人前仆后继的足迹

听到了民族复兴的合唱

你是播种机

你是大熔炉

你是试验田

你是燎原的火炬

一根火柴棒

微弱，却烛照千秋

我已记不清是第几次驻足

流连于这里

敬仰或者祭拜

用诗歌的姿态行走

追寻——

思想的光芒

追寻——

大刀与铁矛的铿锵

追寻——

漫天的星火

……

第一章

这是一片满怀信仰的原野

农民办夜校，

念书又唱歌。

不论老和少，

快来上夜校。

撤淖庙台做讲台，

课桌用的是供桌。

先生就是共产党，

讲的都是暴动学。

农民识字打天下，

跟着党走路宽阔。

——渭华民谣

信仰是一种伦理

信仰是一种精神

人类因为信仰，繁衍生息

万物因为信仰，茁壮成林

这块满怀信仰的土地

滋生了中国最富营养的禾苗

徜徉于这块土地

我在寻找她澎湃的硬核

没有向导

没有暗示

渭河汤汤

高塘塬静默

透过苍茫

我在努力寻找

以诗歌的名义

寻找这段历史的精灵

是什么力量

让这片土地变得不再彷徨

是什么力量

让这里的穷苦人视死如归

是什么力量

成就了"陕甘赤化的发祥地"

我行走在渭河两岸

叩问每一粒沙石

砂石说："是风给了我快乐。"

我跋涉在川道高塬

叩问每一棵野草树木

草木说："是雨水给了我春天。"

我穿梭在乡村

叩问每一个老人

老人说："是共产党再生了我！"

他们是一群夜行者

盗取天火的侠客

他们把自己锻造成镰刀锤头

给利刃喂吮自己的鲜血

给穷乡僻壤的百姓

劈开蒙昧的荆棘，让自由之光

普照山川河流

滋养黎民百姓

他们是一群身带雷电的行者

让十月革命的春雷

夹裹着五四运动的疾风

在渭河两岸

在校园乡村

在穷苦人的心里

蔚然成一种流行的风尚

老少咸宜的美味佳肴

让万千百姓奔走相告

不再苦恼于天灾

不再忧患于命运

一只萤火，共产主义的萤火

点燃了渭华的夜空

这是一百年前的某个夏天

魏野畴、李子洲、王尚德等人，不约而同

从北京

从上海

从武汉

回到陕西

回到这片土地

像一个稼穑把式躬耕于这片饥土

用一个欧洲大胡子的思想

浇灌、催生了

一树又一树茂盛的庄稼

一片又一片葳蕤的山林

一块又一块肥沃的原野

一株又一株跃动的火苗

一时间

惊雷平地起，启蒙的浪潮

澎湃渭华大地

从最初的咸林中学、赤水职校

高塘塬，像一道霞光

如一场春雨

润泽到渭河两岸

催生了吉国桢、潘自力、张秉仁

刘志丹、张宗逊、高克林，一个又一个

民族复兴栋梁

一时间

春笋般的启蒙潮汐

见风拔节

拍岸惊涛

漫卷渭华

伴随着琅琅书声，赤水团支部

三秦大地的第一个团支部

带着鸽哨

划破沉闷的苍穹

给这片冰封太久的土地

送来了春的消息

一个接一个的精神使者

文化农夫

幻化成一群萤火虫

弥漫且燃烧

在渭河两岸

在秦岭北麓

烛亮了万千穷苦人

迷茫的眼睛

苦难的岁月

从此，熊熊燃烧的革命火焰

带着炸裂的爆响

此起彼伏

遥相呼应，不足两年时间

大革命的雨露

润泽了贫瘠的渭华大地

一草一木

一村一庄

风过处，一片浩荡之气

我真切地看到

九十七年前

弥漫着混沌之气的渭河边

一个昏暗的瓦房里

诞生了陕西第一个党的"黄埔"

——赤水特支

宛如一个巨大的摇篮

孵化出一个又一个革命赤子

红色的氤氲里

一千多名共产党人

像闪烁的烈焰

像炸裂的火花

以火的热烈

以光的迅疾

以雷的无畏

深植在广袤的渭河平原

茁壮在渭华大地

一时间

树欲静而风不止

接二连三的革命风暴

掀起了一浪高过一浪的热潮

解冻的大地

苏醒的土壤

点燃的火炬

让渭华的这个夏天，多了

一份热烈

一份炙烤

哗哗流淌的赤水河啊

见证了揭竿而起的学生

爱国人士的铿锵与呐喊——

打倒军阀

废除一切不平等条约

以宣言的形式

声援西安的反帝爱国运动

"抵制日货"

捣毁封建教会

蓬勃的"天足运动"，砸烂了

妇女心头的枷锁

振聋发聩

声震长空

为即将到来的起义，积聚了

足够的柴火

一时间

狂飙突进的五四精神

挟带着大革命的飓风

唤醒了渭华人的铁骨血性

万千劳苦大众

犹如找到族群的猛虎雄狮

成了乡村舞台的主角

——东张村农协，是陕西

第一个农民协会

开天辟地

光耀银河

一帮穷苦人一夜间

掌管了乡村的命脉

抗粮

抗税

驱逐差人

整顿村风民俗

成了"陕西农民觉悟的先锋队"

春天来了

万物不分贵贱

争相吐翠

村级农协

遍地争妍

六万人争相入会，一千三百个农协

撑起了陕东土地革命的大厦

农运讲习所

意气风发

方兴未艾

十六名渭华赤子先后参加了

毛泽东主持的广州农运所的学习

至此，从组织到骨干

打通了

与全国党的革命经络

一时间

哪里有压迫

哪里就有反抗

高涨的士气

高昂的斗志，瓦解了

土豪劣绅、反动权威的防线

以革命的名义

涤荡封建残余

驱逐了渭南、澄城、富平

以及华阴的教育局长

弹劾渭南反动县长翟宏义，驱逐了

华县赃官叶振本，击杀了

反共急先锋李纪实，铲除了

高塘恶霸孙景福，惩办了

"南霸天"薛良臣……一封鸡毛帖

拉近了穷苦人的心

舞动的农具

喧天的锣鼓

愤怒的篝火

"交农"

抗粮

抗税的怒潮
瞬间淹没了华县城

沉睡的渭华大地
发出了觉醒的呐喊
"不是战斗，就是死亡；
不是血战，就是毁灭。"
像一个新生的婴儿
像一块刚刚开垦的处女地
冬天播下的火种
葱绿了
穷苦人的心田——
"闹革命，心坚强，
永远跟定共产党。
要是敌人抓住了，
宁叫砍头不投降。"①

---

① 选自《渭华起义故事歌谣集》。

第二章

高塘塬上起了红

军阀混战乱哄哄，

连年起战争，

鸡犬不安宁，

处处闻枪声，

派差款，抓壮丁，

逼死了多少好百姓。

穷人没有枪，

仇恨压胸恨难平；

今日团结闹革命，

党是定盘星。

穷人一条心，

力量大无穷，

除土豪，杀元凶，

打倒军阀狗威风。

——渭华民谣

一

穿梭隧道

历史在高塘塬的尽头

闪烁，也许

是太过遥远，也许

是离得太近

一年又一年，季节总是催人

从我第一次涉足

你就激活了我的想象力

尽管我也是军人

曾经的战士

但生命里却少了你的血性

今天

我来了

我要以战士的身份

与你恳谈

哪怕就一个擦肩而过的眼神

也就了却了我

一生的心愿，壮行

永远在一个人

彷徨，或筋疲力尽的那一刻

高塘塬，注定与革命有缘

高塘塬，注定与我有缘

苍茫的高塘塬

铁血的高塘塬

红色的高塘塬

站在纪念碑下的高岗上

环顾起伏跌宕

满目苍翠的高塘塬

若隐若现，有革命军战士

赤卫队员的身影

走进我的视野，一群白鸽

从头顶飞过

天空留下一串笛声

与白云一起

悠扬成这个午后的风景

这一年，历史在这里拐了个弯

轰轰烈烈的大革命宣告失败

国共两党的第一次握手

不欢而散

背叛替代了壮志

屠杀代替了合作

腥风血雨

染红了大地——

蒋汪背信弃义，消息传来

渭河两岸

义愤填膺

小学校长李维俊、教员陈述善

组织师生

公开集会

声讨军阀

追悼烈士

用青砖铺砌了十五个大字——

同志们，赶快踏着先烈的

鲜血前进啊

两米见方

赫然醒目

点画间镶嵌的鹅卵石

宛如无数颗头颅

警醒后人

如今，栉风沐雨的大字

宛如一道闪电

一把尖刀

在高塘小学院内

依然散发着当年的凛然浩气

在遇见者的心里

历久弥新

毫无疑问

这幅长达二十米的特殊标语

当是世界上独有的文物

今天，一道铁栅栏

隔开了

白色恐怖的雾霾

却割不断

我与高塘塬的脐带

这一年，在夹缝中

生存的共产党人，在南昌城

打响了武装反抗国民党的第一枪

时隔五天

又确定了土地革命

和武装反抗总方针

不久，秋收起义

共产党人第一次打出了

自己的旗号：镰刀、斧头、五角星

第一面军旗彰显了

担当的决心，拉开了

"向农村进军"的帷幕

三个月后，广州起义爆发

三天的浴血奋战

再次证明了

城市武装起义的误判

虽败犹荣

历史就是一种选择

一种大浪淘沙

一种必然中的巧合

一种担当

三次武装起义，党有了自己的

军队和革命根据地

循着血脉的流动

我回到了

那个风云变幻的年代

还是在这个幽静的校园里

一个无风的秋日，省委负责人

传达党的八七会议精神

和省委的指令 ①

拿起土枪、长矛

武装农民

恢复农协

酝酿起义

笃信枪杆子里面出政权

面对新旧军阀的反扑

革命进入低潮，一切革命活动

被迫转入地下

党的骨干分子赵葆华、王授金

张一悟、乔国桢等人

乔装打扮

上了高塘塬

与这里的革命者

融为一体

"乡村一切政权归农协"

---

① 本次省委会议还通过了《接受中央八七决议案及
其指示之决议案》等决议案。

"耕者有其田"

"铲除贪官污吏劣绅土豪"

……

白色恐怖下

党的任务，转化成十七条口号

用智慧求生存

用合法身份，延续着

革命的血脉

二

潮起潮落

红旗漫卷

不在沉默中爆发

就在沉默中灭亡

渭南一座叫宣化观的古庙

注定要被载入史册

一个看似偶然

实则必然的事件，在早春二月

意外开辟了

陕西革命的新纪元

今天看来

历史总有相似之处

鸠占鹊巢

强食弱肉

宣化古庙本是槐衙村的公产

庙内的初级小学

都是乡里穷苦人的子弟

劣绅景行之等人以办学为名

"暂借"宣化观一隅

一借十年

占而不还

城西关马神庙的校园

却拱手让给驻军

曾几何时，古老的宣化观

一院两校

分庭抗礼

进步与落后

文明与封建

革命与反革命

一度交织在一起

难分难解

此消彼长

渭华起义前一年的春天

党在私立的乐育高小

建立组织

启蒙学生

发展党团员，用先进的思想

武装师生，对抗

反动校董会，维护

师生权益

上善若水

进步

文明

革命

恰似润物春风

不觉间

点燃了

师生胸中的火焰

熊熊燃烧的革命激情

在校内外

澎湃成一片革命的海洋

不满与仇视

这一对天造的孪生子

狼狈为奸

校董会公然解聘了党员教师

一石激起千层浪

四溅的火星

点燃了群众的怒火，县委

因势利导

用愤怒的子弹

孵化出一次革命的行动

把那个严寒的冬季

瞬间变成了革命的摇篮

升格后的宣化高小

华丽转身

以绝对的优势

碾压反动势力的气焰

流失的学生

空荡的教室

索要校舍的公函

恶霸劣绅

恼羞成怒

原形毕露

纠集四五十名地痞流氓

遣散宣化高小学生

砸碎了宣化校牌

捣毁门窗桌凳

抛掷师生衣物和书籍

公然叫嚣——

"共产党员滚出学校!"

祥和的宣化学校

一片狼藉，恶绅的霸道

再次激怒了群众

渭南县委审时度势，以起义

援助宣化

反击反动分子

翌晨，来自县城高中、赤职

以及当地农民近千人

手持破柴桄桄

高呼"打倒恶绅"，从四面八方

汇集成一股革命洪流

排山倒海

淹没了宣化观

惊醒的恶绅

斯文扫地，一边谩骂袭击乡民

一边用铁拐杖抡打学生

愤怒的人群

一下子炸了锅

像一窝被惊扰的黄蜂

扑向施虐的恶绅

木棒、柴火、砖石、瓦块

变成了愤怒的子弹

仇恨的弹雨

砸死了劣绅刘铭初、薛明璋

学生用菜刀砍伤了

恶绅田宝丰，一口枯井

险些要了

恶绅王武轩的老命

……

古老的宣化观

见证了这个非凡的时刻

觉醒的暴动

无畏的决裂

给"沉寂无斗争"的陕西

给躁动的渭华大地

带来了曙光

一场革命与反革命的搏杀

赫然展开——

国民党军政当局

颠倒是非

疯狂反扑

一边停办、查封学校

一边四处搜捕了

四十多名共产党人和进步人士

蝗虫一般的白色恐怖

笼罩了渭华的山水草木

从渭南到华县

从渭河两岸到高塘塬

从县城到乡村

从小学教员到中学校长

从手无寸铁的农民到高塘民团

无一幸免

惨遭蹂躏

李维俊、王文宗等九人

被活埋

被杀害

然而，敌人的痴心妄想

没有得逞

渭华的革命火焰

愈加暴烈

敌人挥舞着滴血的屠刀

我们岂能

引颈受戮

坐以待毙

——抗租抗债抗粮抗捐抗税

抗一切摊派勒索

转为杀土豪杀地主杀官吏

夺取武装

围攻县城的大暴动

斗争的升级

昭示了共产党人砸烂

旧世界

与反动派决裂

建立乡村苏维埃的决心

一时间

革命烽火

映红了渭河两岸数百万

穷苦人的心窝窝

——党的核心机关

转移到了农村

村里有了赤卫队，穷苦人

吃了定心丸

——渭南国民党党部、粮台

被捣毁，华县击毙了

县府驻高塘的收粮员，给党截获了

大笔经费，五一县夜袭了

巴邑民团，抄了土豪贾雨天的家

烧了地契

账簿，分了粮

——省委书记潘自力

秘密上塬

给受伤的高塘塬

送来了党中央的指示信

昏黄的麻油灯

烛亮了渭华的革命征程

一个起义的灵魂

伴着四月的油菜花香

——诞生了

从此，陕东特委

与济世救人的孙思邈一起

从华县药王洞

走进了中国革命史

陕东特委，直属省委

成立伊始

犹如一匹新生的马驹

活力四射

躁动的渭华大地

成了她放飞梦想的天空

八天里

连发三道

加急通告，部署

武装起义

一部工作大纲，详尽陕东

起义细节

——战斗化党组织，健全

各级指导机关

——在群众斗争中开展

游击战争

——游击队使用镰刀锤头红旗

队员一律佩戴红领带

——公开处决豪绅官吏，焚烧契约

没收财产土地，破坏交通

劫夺辎重，夺取武装

——组织民众，一切权力

归苏维埃

……

十一条临时纪律

像一张过滤网，一把戒尺

昭示了斗争的残酷

又纯洁了组织

壮大了队伍

与此同时

二十八名从许权中旅学成

归来的军事骨干

像一只只凌厉的猎鹰

盘旋在秦岭北麓的原野上

时聚时散

机动灵活

处决、惩治豪绅，消灭地主民团

收缴反动武装，清扫豪绅的"土围子"

打掉了三张镇的税卡，破坏

敌人交通、通信，拦截运输车辆

设立乡村据点……

一时间

贪官污吏、恶差、土豪劣绅

无不胆战心惊

夜不能寐

不到半个月

游击队壮大成一百五十多人

六十支快枪的革命武装

这支年轻的队伍

像雨后的竹林

遍地破土

笋尖尖

犹如一把把利刃

在山风中

发出嚯嚯的声响

整编后的陕东赤卫队，移驻塔山

穷苦人奔走相告：

"干！怕啥？咱们

有了武装！"

授旗是在清晨，沈河水哗哗

流向山外

河水格外清澈

身背钢枪

手持刀矛

肩扛土炮猎枪的小伙子

精神抖擞

威武自信

晨风中飘扬的战旗

迎来新的一天

那天，望岗岭上的天空

特别蓝

特别蓝

尽管赤卫队神出鬼没

为起义农民撑了腰，壮了胆

动荡的渭华地区，还是

阴霾满天

一片白色恐怖

然而，十里塔山

军训一刻也未停止

从队长到队员

从快枪队到大刀队

从骨干到新战士

个个苦练本领

人人摩拳擦掌

厉兵秣马

伺机而动

同时，军纪严明

不宿民宅

不踏庄稼

不乱拿群众东西

——这是一支非正规的劲旅

一支不怕牺牲的铁军

此刻，站在高高的望岗岭上

我知道

这支穷苦人的队伍

从组建到起义失败

只有一百二十天，但这支

农民革命武装

在短暂而残酷的斗争中

用信仰创造了

一个又一个传奇

我知道

起义失败后
国民党军队焚毁了
古塔，将一片
古建筑夷为平地
此刻，苍翠的山峰
沉默如禅
辽阔的原野
沉默如铁

三

历史在一九二八年四月末
打了个盹，军阀战争
在河南打响，李虎臣发动
倒冯战争 ①
渭华反动势力

———————

① 倒冯战争，指1928年4月底，冯玉祥主政陕西期间，驻陕的宋哲元部出陕与奉军及河南地方军阀樊钟秀作战，盘踞在商洛的李虎臣趁冯玉祥在陕军事力量空虚之际，联络原国民二军各部发动的战争。他一面调兵围攻西安，一面集军开赴潼关，欲切断冯玉祥部回陕之路，许权中旅也在调赴潼关作战之列。

随之削弱，陕东特委

在崇凝塬下的观音洞召开

扩大会，决定立即举行

渭华起义

五月，石榴花绽放出一树

火红的烂漫

辽阔的高塘塬，此刻

正沉浸在碧绿中

我走出书斋

随着汹涌的人潮

涌上东塬，崇凝南大庙戏台前

人山人海

人头攒动

农民和学生手持武器、小旗

九十七年前的今天

渭南县在这里集会，纪念

五一国际劳动节

我看到

革命导师列宁的画像

悬挂在主席台中央

两边的木柱上绑着两个恶差

五颜六色的标语

贴在墙上

树身上

写在三角旗上——

"实行耕者有其田"

"大家吃、大家干、大家的事大家办"

"有土皆豪，无绅不劣"

控诉的呐喊

启蒙的痛斥

愤怒的人群

交织在一起

沸腾

跌宕

似阵阵春雷

直抵霄汉

在渭华原野上

在巍巍秦岭的崇山峻岭中

久久回荡

在这共鸣、震荡中

我却分明看到了

镌刻在

农民脸上的仇恨

和喜悦——

赶跑了反动区长

推翻了敌人的乡公所

杀了两名恶差

捣毁了两个恶霸的商号

分了财物

肖明① 庄严宣布

崇凝区苏维埃政府成立

——陕西的第一个红色政权

吹响了

---

① 肖明，曾用名彭明，1896 年 12 月生，湖南省新田县人。时任渭南县委书记。为整顿恢复大革命失败后渭南的党团组织做了大量工作。渭华起义后离开了陕西。北京解放后，担任北京市总工会主席，1959 年病逝。

渭华起义的号角

敲响了

千年封建地主阶级的丧钟

连日累月的干旱

万物的燃点降到了最低

冥冥中

命运之神成就了穷苦人

此刻，一点就燃的人海

再次沸腾起来——

"打倒军阀"

"打倒土豪劣绅"

震天的口号声

淹没了

崇凝街道

游行的队伍

走着走着

变成了一股红色旋风

这旋风

越刮越大

越刮越强劲

从崇凝塬刮到了赤水河畔

从赤水河畔刮到了阳郭镇

从阳郭镇刮到了高塘塬

从高塘塬刮到了渭河北岸

从渭河北岸刮到了沈河川白庙

从沈河川白庙刮到了三张

……

旋风所到之处

摧枯拉朽

所向披靡

苏维埃政权迎风而生

暴烈的旋风

就是一把燃烧的火炬

烧毁了

土豪劣绅的变天账

烧毁了

贪官污吏、恶差的富贵梦

烧毁了

一切反动势力的温床

一时间

渭河两岸

渭华两塬

地主土豪纷纷逃亡

革命群众扬眉吐气

一鼓作气

没收了

反动教会田产

驱逐遣散了反动传教士

烧毁了六处教堂

杀死了反动传教士、牧师

……

一个月，在史书上

微不足道

甚至常常被忽略

可这次农民武装反霸风暴

形如山洪

势如破竹

战果辉煌

出人意料

五十个区村苏维埃政权

成了穷苦人的定盘星

创建了以九里高塘

塔山古塔为中心，纵横二百平方公里的

武装割据区

赤卫队奋不顾身

保驾护航

既是苏维埃的保卫者

又是新政权的开路先锋

先后清算斗争了

一百五十多个土豪劣绅

处决了六十多个

恶绅恶差污吏，捣毁了

七家商号，抄了二十二个土豪的家

分了粮食浮财

火烧了

一百六十四院房屋

一千多本地契文约

来不及逃跑的地主，捧着

地契账簿，求饶："我把文约

当面烧了，再不要账了。"

赤卫队员

从敌人手里缴获了

十三驮骡烟土和银圆，击退了

镇压农民起义的反动军阀

主动出击

击溃了

军阀骑兵师的一个排

农民武装起义

在摧毁反动政权的同时

也塑造了自己，兴办了

平民学校

农民夜校

成立了儿童团

这一切

为茁壮革命火种

改良了土壤

保了墒

三千年前，或者

更遥远的蒙昧时代

这里的河水盛产一种红鱼

也许，靠这些红鱼

果腹的先祖

便把红鱼作为部落的图腾

甚至命名

从此，这个地阔

四百平方公里的高塘塬

一路走来

孕育了说不完的传奇

除了自然馈赠

大大小小的人文遗址

数不胜数

此刻，我循着农民起义的足迹

来到了一座古庙前

当年，这个叫三教堂的地方

是一处红色据点

陕东特委，刘继曾

肖明、李大章等人

就是在这个小院里，指挥了

渭华起义

和即将到来的战斗

三教堂

融儒释道于一体，三大殿

供奉着孔子、释迦牟尼、韦驮

老子、关公、周仓、观音娘娘

以及药王孙思邈

如此众神聚于一院

在全国

并不多见，现在是

省级文保单位

这里离高塘镇三分钟的路程

可在九十多年前

没有水泥路，唯一的山路

异常崎岖

但香火旺盛

看来，这是一块福地

历经三百年风雨

屹立不倒

你得感叹

感叹当年的建筑师

感叹佚名的设计师

此刻，山门前

有野草

从石阶缝隙里

钻出来，沉寂的石头

有了今天的气息

突然，我想起

一些记忆

一些从史册唤醒的记忆

这一刻

那些枯萎的记忆

打了个哈欠

仿佛刚刚醒来

让我回到了当年

这里诞生了——

陕东赤卫队

陕西农村第一个党支部

华县第一个农村苏维埃政权

亲吻渭华起义的心脏

我只有感慨

第三章

山风呼啸，火焰
把镰刀锤头铸成了
一个图腾

五月天刮东风，
潼关飞来一旅兵。
骑的马，背的炮，
吓得豺狼钻地道。
爹娘拍手笑，
哥弟放鞭炮。
迎接革命工农军，
打倒土豪和劣绅。
建立红色苏维埃，
共产党恩情万丈深。

　　　　　　——渭华民谣

一

回溯到一个多月前

中央明确了

许旅 ① 当时的行动方向

然而，许旅内部出现分歧

与此同时

省委紧急会议，同意李子洲

意见，决定许旅不参加

攻打潼关的军阀混战，迅速起义

---

① 许旅，指许权中旅。1927 年 7 月，冯玉祥电令将受陕西省委掌控的西安中山军事学院和国民联军驻陕总部政治保卫部合编，部队几经周折，推举许权中为总指挥。为保全实力，许权中旅后接受国民二军冯子明部节制，暂编为独立第三旅，许权中任旅长。

开赴渭华

配合农民武装斗争

建立革命根据地

但许旅此刻已到潼关巡检司

为表明态度，先派遣

教导营①奔赴渭华，历史

充满了变数

历史更容不得假设

应该说

教导营在陕东赤卫队

配合下，渭华塬上

地主势力

一扫而光

红色政权

遍地光芒，大长了

穷苦人的志气

扬眉吐气

---

① 教导营，即许旅受国民二军冯子明节制时，把西安中山军事学校改为许权中旅的教导营。驻临潼关山镇。

奋不顾身，大灭了

地主恶绅的威风

闻风丧胆

屁滚尿流

革命的红色风暴

军民携手

所向披靡

从一个村庄席卷了渭华地区

从低谷走向了高潮

历经磨难的许权中旅

一路走来

尽管有惊无险，但命运总是

扑朔迷离

与这支革命武装

捉起了迷藏，始终是军阀的

眼中钉

肉中刺

空有报国心

难酬革命志

幻想

彷徨

在变幻中锻造

在抉择中成长

在考验中淬火

一路风尘

一路艰辛

翻过险峻秦岭

穿越崎岖峪道

抵达潼关

许权中

——坦荡

李虎臣

——心怀叵测

自古潼关关固势险

易守难攻，李虎臣安排嫡系

从两翼助攻

主攻给了许旅

用心显见

正面主攻

无异于火中取栗

若胜之

冯玉祥回陕无望

坐收渔利

若败之

削弱革命势力

一箭双雕

凌晨，两军激战于北山

冯军援军不断

许旅后续无援

伤亡惨重

士气低落

午后，李虎臣首战冯玉祥

兵败潼关十二连城

这样打下去

不值得

唐澍提出

与其给军阀当炮灰

不如早日执行省委指示

赶赴渭华参加起义

许权中坚持

利用军阀混战，攻占潼关

再参加渭华农民起义

当晚，硝烟弥漫

防线危机四伏

分歧如焚

如坐针毡

唐澍、刘志丹坐立不安

远处黄河低吼

原野麦浪翻金

没有月色

没有暗香

焦急

无奈

煎熬着刘志丹——

"渭华人民已经起来了，

这样下去，我们如何面对省委

面对渭华人民！"

夜色如铁

一筹莫展

省委的一封电报

划开了夜幕

点燃了

唐澍、刘志丹、高克林心中

盘桓数日的篝火

趁着许权中侦察地形外出

一十八个支部

一百五十六名党员

雷厉风行

动员部队撤出了

潼关战场，沿秦岭北麓一线

逆渭河而上

许权中如梦初醒

急率二十多个骑兵卫队

披星戴月

赶赴渭华

与官兵一起

与晨曦一起

走进了华县瓜坡镇

一声问候

一杯茶水

一缕炊烟

一个洋芋

洗去了官兵的征尘

融化了官兵的心结

那天，我看到

八百多名起义官兵撕掉了

国民党帽徽

与这个叫留村的山村同庆

一面红旗

一根红领带

一阵呐喊

沸腾了一个打谷场

震撼了一座山

一只猩红的大公鸡

站在墙头

与欢腾的人群一起欢呼

二

明代华县大地震后

高塘会馆

成了高塘塬的一处标志

此刻，只有一座

飞檐古朴的会馆门楼

突兀在天地之间

除了身后缥缈的琅琅书声

会馆的庭院

广场上的大戏楼

都消失在了岁月的尘埃里

不过，广场还在

不过，我耳畔似乎还在回响

那天军民联欢的沸腾

不过，街道的老人

还在给塬外的人讲述曾经的故事

不过，当时的"大年馑"

高塘人没有记住，却乐道

一个普通的日子

带给高塘塬永恒的记忆

那不是一次普通的集会

那是一个让万千穷苦人至今

都无法平静的记忆

那一天，诞生了西北工农革命军

那一天，古戏楼焕然一新

那一天，偌大的会馆广场人头攒动

那一天，高塘塬上红旗招展

那一天，五颜六色的标语贴满了墙头

那一天，歌声口号声笑语声连绵不断

那一天，到场的军人全副武装

一条条红领带

让这支穷苦人的队伍

英姿勃发

那一天，赤卫队员扛着大刀、长矛

威风凛凛

分列在革命军的两侧

那一天，四乡农民敲锣打鼓

从八方涌进广场

慰问部队官兵

那一天，学生手举小红旗

呼着口号

唱着歌

喜气洋洋

端坐在主席台前

那一天，渭华大地的天空很蓝

那一天，是穷苦人的节日

万人联欢

势如钢刀

像春雷

像狂风

像暴雨

像闪电

此刻，我看到

一面绣有镰刀锤头

和"西北工农革命军"字样的战旗

在广场上空猎猎挥舞

刘志丹挥动着拳头，大声说："穷人

为什么穷，富人为什么富，

要想不受穷，只有团结起来

闹革命……要大胆干起来，我们

给大家撑腰壮胆！"

这一番话，激起了台下

铺天盖地的欢呼声——

打倒土豪劣绅

打倒国民党

共产党万岁

我看到，总司令唐澍一口河北腔

他连比带画地说："镰刀锤头是武器，

靠它，用它，大家齐心干，

割穷根，砸烂旧世界！"

我看到

一个个精彩的文艺戏曲节目

让台下的观众乐开了花

我看到

大会公开处决了

散布谣言

阻止农民参会的三个恶绅

革命起来了

群众端着自家蒸的馍馍

烙的锅盔，提着鸡蛋拿着鞋袜

涌上街头一齐慰问

自己的队伍

我看到

武装游行的队伍

缓缓向我走来

作为曾经的战士，我倏然

举起了右手

一个军礼

表达了我此刻的心情

但我不能沉默

我在高塘塬的每一个皱褶里

寻找他们的足迹

五月的花开了

山青了

塬绿了

枝繁叶茂

我怕惊扰他们

我对着斑驳的照片

一个一个地确认

生怕漏掉了某一个伟大的名字

——刘志丹、唐澍

刘继曾、王泰吉

吴浩然、廉益民

杨晓初、许权中

许维善、张汉泉

赵雅生、武丕谟

谢子长、雷天祥

……

他们是党在北方优秀的

政治军事人才

他们大都用自己的一生，滋养

山崖的迎春花

好让自己的梦想

永远洋溢初心的朝气

每一朵红百合

都记得他们的生日

每一棵甜竹

都在为他们低吟浅唱

三

有乐为歌

无乐为谣

短暂的渭华起义

催生了一大批革命歌谣

有说有唱

能赞能贬

没有无病呻吟

没有矫揉造作

都是穷苦人的心灵咏叹

自由生长的战斗之花

我惊叹不已

惊叹那些绝望的穷苦人

用生命

镌刻在渭华大地上的诗行——

"高塘山原开红花，

刘主席来到我的家。

盘上腿儿炕上坐，

和咱拉起家常话。

瓷壶里倒水哗啦啦，

刘主席说出咱心里话。

穷苦人拧成一根绳，

打倒土豪咱当家。"[①]

我惊叹群众的创造力

几句民谣

一首短歌

胜似万语千言

领袖与百姓

军队与人民的情谊

自然流露

赞颂与感恩

自豪与喜悦

油然而生

在这里又看到了镰刀与锤头的舞蹈

在这里又听到了愤怒的控诉与呐喊

"土豪劣绅和财东,

剥削穷人真个凶。

加一放账驴打滚,

卖儿卖女还不清。

---

① 选自《渭华起义故事歌谣集》。

要账手提栊桃子，

打人不分老和幼。

西北工农革命军，

他是咱的子弟兵。

大家同心一齐干，

铲除土豪和财东。

贪官污吏都打倒，

我们要做主人翁。

建立苏维埃政权，

才能过上好光景。"

这是一部宣言

这是工农革命军的布告

尽管岁月斑驳了她的躯体

力透纸背的墨迹

此刻，除了肃然

更多的还是由衷的惊叹

她是一首民谣

她是一首诗歌

她是一篇战斗的檄文

她是一把带血的尖刀

她是一杆火枪

她是穷苦人希望的明灯

她是渭华大地生长出来的一片青纱帐

她是喝渭河水长大的女子

她是一心向党的赤子

她是一颗革命的火种

她是苏维埃政权的宣言

她是土豪劣绅的克星

她是农民起义的指南针

她是一切反动势力的丧钟

她是工农革命军的长矛

她是一篇革命启蒙的课文

她是穷苦人与革命者交心的炕台

她注定要回到乡村

认祖归宗

与穷苦人一起斗争

一起外线出击

一起消灭敌人

据说，这张民谣形式的布告

出自王尚德之手

的确，只有从这块带火的土地上

生根拔节的灵魂

才会喷薄出

这带着晨露的绝响

第四章

在战火中成长
在战斗中涅槃

往年四月忙，

狗腿子撵上场，

碌碡下抢粮，

皮鞭打得叭叭响。

今年四月忙，

财主不猖狂，

苏维埃来做主，

户户麦子堆满仓，

好粮送给革命军，

幸福日子有保障。

感谢亲人革命军，

感谢亲人共产党。

——渭华民谣

六月的麦浪

与红彤彤的渭华大地

一起欢腾

一起战斗

直到枪炮声撼动南山

直到起义军民的鲜血

染红了天际

遍野哀鸿

真正的战争才刚刚打响

一

潼关一役

冯玉祥胜出，陕西反动政权

重新巩固，然而

渭华烽火的硝烟

却呛得老军阀寝食难安

当作心腹大患

几次严令重兵"围剿"

一时间

渭河南岸村庄

兵灾泛滥

——宋哲元坐镇渭南

调集军阀田金凯、魏凤楼

孙连仲三个师，纠集渭华一带

警察和反动民团、恶绅

麇集待命

"围剿"起义中心区军民

像麻花一样叠在一起

十八道弯

制造了崇凝塬的高峻

连着沋河川道的龙尾坡

与塔山遥相呼应

渭南去崇凝塬的必经之路

这一天

一个旅的敌兵，尾随

县保安团

出渭南县城

沿瓦塔村旁的土崖

悄然向南推进

企图攻占塔山据点

没想到

刚刚爬到龙尾坡头

军号突响

杀声四起

陕东赤卫队居高临下

一阵猛打

附近起义农民拿起了长矛

大刀、斧头、铁锨

蜂拥而上

一时间

龙尾坡枪声如过年的鞭炮

农具大刀齐上阵

晕头转向的国民党兵

仓皇应战

突然，身后

又响起"哒哒哒"的机关枪声

得讯赶来的谢子长抄后路

夹击敌军

抱头鼠窜的敌人一片狼藉

逃回渭南县城

锐气受挫的宋哲元不甘心

又玩起了新花招

两天后，军阀田金凯一个骑兵师

趁夜色兵分两路

袭击工农革命军司令部，企图挽回

第一次"围剿"失败的颜面

不巧的是

工农革命军外线出击

内防空虚

侦察失当

致使东线敌人逼近骆驼岭

此刻，静默的骆驼岭

横亘在高塘东侧一里的荒草里

我在努力想象

想象着那天凌晨的危情

咽喉也好

屏障也罢

要不是早起的群众发现敌情

要不是留守的战士奋力阻击

要不是手枪队以一当十急冲猛打

要不是外线出击战士从敌后夹击

要不是高塘西线守军机智御敌

要不是指挥员临危不乱军民协同作战

要不是那面红旗猎猎啸叫

愚蠢的敌人

以为又中了埋伏

丢盔弃甲

狼狈逃回华县城

骆驼岭啊

将改写渭华革命的历史

好在历史不能假设

机智应敌

化险为夷

才留存了革命火种

有了今天的复兴

旱灾也威胁着起义军民

但老天爷却馈赠给这块土地

一个丰收的夏天

此刻，渭华根据地

麦浪翻飞

胜利与丰收一起陶醉

从南到北

从东到西

龙口夺粮的起义军民

沉浸在民谣歌声里

然而，丰收的喜悦

没有驱散刘志丹心头的阴霾

拾级而上

一棵五百岁的老槐树

赫然伫立在崖畔

一树苍劲

一片浓荫

仿佛在等待我的来访

古槐呀

一个世纪的守望

一个后来者的敬仰

哪里抵得过

你反哺大地的赤诚

你为历史撑起的一片荫凉

你是历史的见证者

你本应享受镁光灯的荣耀

可你却选择了坚守

坚守自己固有的信仰

与这块红土地一同生长

我看到

一块硕大的南山石

带着岁月的沧桑

与你为伴

风雨兼程

其实，你的骨子里

写满刚毅

你的躯体里

最不缺的就是忠诚

怎么会需要

一块石头上的注脚

那一年

敌人的"围剿"惊扰了

渭华大地的祥和

六月的高塘塬硝烟弥漫

刀光剑影

危机四伏

刘志丹未雨绸缪

槐树下

一群军事俊彦席地而坐

畅所欲言

研究对策

从军阀到土豪恶绅

从地理到形势

从兵力到物资

从生存到发展

从战术到战略

逐分细捋

——恼羞成怒的敌人

将会以十倍的仇恨

百倍的疯狂

反扑中心区域

酝酿反"围剿"时

一个大胆的构想

一个惊天的计划

破茧而出

成为这个夏天渭华革命

最完美的章节

然而，瞬变的战局

却扰乱了军事群英会的视野

——主力撤出高塘塬

转战渭北

在陕北大展宏图

一时间

乌云遮住了太阳

敌情凝固了喜悦

阻击

抢收

清野

突围

忙碌着渭华大地

考验着起义军民

那一天

刘志丹面色凝重

但信心满满

发表了振奋人心的讲话

唐澍左手叉腰

右臂一挥

果敢地说："不等他们进攻，

咱们先铲除他们的爪牙，大举烧杀

土豪劣绅，让恶绅闻风丧胆！"

一番话

胜似一壶烈酒

慷慨激昂

悲壮激越

燃起军民的心头之火

翌日凌晨

一百多个村庄的万余名农民

与起义军民一起

当场处决了一名起义叛徒

然后，兵分三路

开始武装示威游行

队伍里

有荷枪实弹的军人

有系红领带的陕东赤卫队员

有苏维埃成员

有农民赤卫队

有起义农民

像一道霹雷闪电

像一窝炸锅的马蜂

像一场飓风

像一条舞动的长龙

像万马奔腾

像决堤的洪流

由西向东

由南向北

从一个村子走向另一个村子

从山下走到塬上

抓住土豪就斗

看见恶绅就杀

人越走越多

队伍越走越长

像一辆开足了马力的列车

浩浩荡荡

波澜壮阔

七十多里的乡路啊

这哪里是游行

分明就是一次动员

一次震慑

一次演练

两次"围剿"

两次失算

冯玉祥暴跳如雷，气歪了鼻子

宋哲元立下了军令状

孤注一掷

纠集反动民团

兵分三路

亲自督阵

妄图一举消灭起义军民

以解心腹之患

一时间，渭河南岸

东至华县

西到渭南

布满了国民党军队

显然，工农革命军主力

转战渭北无望

敌强我弱

死打硬拼

势必全军覆灭

疏散转移

谈何容易

这些血气方刚的革命者

比任何时候都清醒——这将是

一场硬仗

一场命运之战

二

我在一张挂图前

伫立

思忖

渭华起义三次战斗的情形

在我的脑海里闪现

战场的厮杀声

战马的嘶鸣声

枪声

炮声

爆炸声

弥漫的硝烟

冲天的火光

像放慢了节奏的电影

一个个年轻的生命

无声地倒下

此刻，遥远不再遥远

惨烈也不再是传说

他们是我的长辈

我的亲人

祖国的开垦者

我远眺南山

山在回响

我俯瞰原野

水在歌唱

我仰望长空

鸽群翱翔

美丽的高塘塬呀

你就是我走失的家园

不知谁的一声喊叫

我回到了一九二八年六月

国民党开始了新一轮"围剿"

起义中心区军民

严阵以待

誓死保卫胜利果实

十九日拂晓

敌军分三路齐头并进

蜂拥而来

——东线，田金凯

从华县城出发

由逃亡地主、反动民团向导

经瓜坡

过金惠

赶到了桥峪口河东岸

自古，桥峪口就是军事关隘

石崖上至今

残留有两千多年前

"秦楚栈道"的横梁石窟

宋哲元派兵抢占桥峪口

退可切断

起义军民撤退进山之路

进可由此向北

从侧后包围起义军

此刻，这里只有工农革命军

一个小分队驻守

危情显见

天刚亮

敌人从东塬冲下来

一上河岸

就遭到了革命军的顽强阻击

这时，钟声响起

丰原里的数百名起义农民

拿着土枪、土炮、大刀

长矛和铁锨

呼喊着

啸叫着

山洪一般杀向敌人

面对勇猛无畏的起义军民

敌人先乱了阵脚

仓皇退回桥峪大河东岸

二三十个年轻的战士

一群手持大刀、农具的农民

尽管击退了敌军

但伤亡过半

凭借桥峪河天险

起义军民退守蕴空山顶

与敌人斗智斗勇

天黑后，进入桥峪

向南撤退

敌人剿灭起义军民的企图

再一次落空

在浩瀚的历史长河中

我意外发现了一个插曲

一个让我失态

让我泪崩的情节

那天凌晨

丰原里苏维埃主席派遣

史家兄弟

前去打探敌情

不料，兄弟俩走到罗家洼时

被迎面的敌人逮住

严刑拷打

利诱哄骗

兄弟俩拒不泄露

苏维埃和赤卫队的秘密

恼怒的敌人砍杀了两人

剖腹掏心

大卸肢体

然后，又疯狂扑向桥峪口

半路上

又与丰原赤卫队遭遇

激战中

四十多名队员被俘

恶绅边走边杀

在马园附近一次就杀害了

十几名赤卫队员

风在低吟

河水凝噎

只有我寻找的脚步

在金惠塬上

在桥峪河畔

在沿途的每一块石头上

每一棵野草上

翻拣着

抚摸着

寻觅那些十几岁

二十出头的赤卫队员的血迹

哪怕一个模糊的脚印

清澈的河水

把一排模糊的山林流淌成

一群赤卫队员的背影

脱贫的金惠塬

让我有了些许的欣慰

但我不能歌唱

此刻，静默的桥峪河

与我一起默哀

——西线，魏凤楼

由地主史明鉴、薛良臣作伥

携带火炮

一个师，从渭南县城

上龙尾坡

经崇凝直扑塔山

许权中、雷天祥、李大德率骑兵

和陕东赤卫队一部

步步为营

且战且退

凤凰山

清明山

半截山

敌人轮番冲锋

都被愤怒的子弹打回去

都被愤怒的石头砸下去

一座小山

一条大沟

就是一道防火墙

一道鬼门关

一座坟墓

气急败坏的敌人

改用大炮迫击炮群

轰击山头阵地

一时间

狂风骤起

黄蜂一般的炮弹

啸叫着飞向起义军

塔山被淹没在一片硝烟火海之中

工事、营房被炸毁

傍晚，起义军放弃据点

撤退到箭峪口

在箭峪口又与敌人遭遇

激战了一夜

——中线，宋哲元亲自督阵

恶霸地主李金戊、王佐等人引路

从赤水东西两个川道

同时向高塘镇、魏家堎进攻

骆驼岭

是东西川道的分水岭

东川的敌人

一大早就向骆驼岭扑来

敌军所过之处

火光冲天

浓烟滚滚

鸡叫狗吠

枪声

惊叫声

哭喊声

混成一片

站在骆驼岭上俯瞰

刘志丹心急如焚

知道那是逃亡返乡的地主恶霸

豪绅在杀人放火

借机报复

阶级仇

炙烤着革命军战士

变成一颗颗愤怒的子弹

射向来犯之敌

打退了敌人

一次又一次的冲锋

挡住了敌人

一次又一次的进攻

横亘的骆驼岭

是敌军不可逾越的防线

沉默的骆驼岭

变成了一道铜墙铁壁

战斗持续到下午

完成阻击的工农革命军

才向涧峪口一带转移

魏家塬，是高塘的门户

宋哲元进入西川时，薛自爽带领

陕东赤卫队和革命军一部

借地形修筑了隐蔽的阻击工事

此刻，我徒步行走

一侧是陡峭高耸的黄土崖

一侧是沟深水急的涧峪河

逆河而上

就是魏家塬

过了魏家塬

一直沿川道而行

就是高塘

就是三教堂

就是涧峪口

就是塔山

魏家塬的战略意义

不言而喻

此刻，唐澍就在这里坐镇

此刻，天破晓

此刻，敌人的重炮一阵狂轰滥炸

此刻，革命军隐藏在工事里

等到炮轰一停

等到敌步兵接近阵地

据崖阻击的革命军

沉着应战

近距离射杀，打退了

敌军一次又一次的冲锋

魏家塬成了敌人

一道不可逾越的屏障

正面进攻失败

敌人改变策略

让一个营换上便衣

从魏家塬西侧迂回至阵地侧后

企图偷袭革命军

再狡猾的狐狸

也逃不过猎人的眼睛

唐澍当机立断

命令薛自爽："动员群众

把敌人轰回去！"

薛自爽转身飞奔三教堂

敲响了门前的大钟

此刻，铁铸的大古钟

轰鸣着

啸叫着

在村庄上空激荡着

一声接着一声

一声紧似一声

撞击着我的耳膜

钟声就是命令

五六百名起义农民

赤卫队员，手拿锄头、长枪

大刀、长矛

紧随在薛自爽身后

端着武器

猫着腰

一群一群往坡上爬

从何家村上塬

然后，偃旗息鼓

匍匐前进

悄悄摸到敌人背后

一跃而起

杀入敌群

顿时，几里长的魏家塬阵地

突然冒出来几百号人

"冲呀——"

"杀呀——"

喊声连成一片

敌人晕头转向

你拥我挤

退下山坡

魏家塬阵地转危为安

坚如磐石

三

这是一场力量悬殊的战斗

这是一场革命与反革命的斗争

这是一场信仰与主义的博弈

这是一场智慧与暴力的较量

这是一场没有规则的抗争

这是一场不公平的对抗

这是一场保卫战

这是一场争夺战

这是一场阻击战

这是一场伏击战

这是一场命运之战

这是多么漫长的一天呀

革命军、赤卫队和起义农民

浴血奋战，粉碎了

数十倍敌人的第三次"围剿"①

夜幕降临

危机四伏的高塘塬，不时

有枪声响起

从西到东

起义军民都撤退到了

_____

① 第三次"围剿"：冯玉祥在取得潼关战役胜利、巩固西安城防后，先后三次对渭华起义中心区进行军事"围剿"。第一次，以一个旅的兵力由渭南县城出发沿龙尾坡向中心区进攻，妄图经崇凝攻占塔山，被我军英勇击败。第二次，以一个骑兵师从华县城出发，妄图经大明寺攻占工农革命军司令部驻地高塘镇，在我军民首尾夹击下溃退。第三次，宋哲元督军三个师分三路向高塘和塔山进攻，激战竟日，终因敌众我寡，我军退到牛峪口、涧峪口一线，以高塘、塔山为中心的起义区沦陷。

秦岭北麓

沿山一带休整

短暂的宁静

正酝酿着一场更激烈

更残酷的战役

我游走在高塘塬

崇凝塬，以及几条川道

此刻，我独自伫立在箭峪口

一个山岗上

想象着那一天的战斗

仰头的瞬间

我看见一只鹰展开双翅

从我的上空滑过

留下一声凄厉的啼叫

在原野上回荡

掩护与阻击之战

最大的不同

大概就是不讲代价

掩护，就是用血肉之躯

挡住敌人的子弹

掩护，就是用信仰之光

战胜邪恶

战胜恐惧

掩护，就意味着牺牲

掩护，只能牺牲自己

薛自爽是西线掩护的不二人选

陕东赤卫队驻守塔山

熟悉地形，六月二十日

不等天亮

敌人又向退到箭峪口、牛峪口

和涧峪口的起义军民

再次发动全面进攻，战斗

残酷激烈

西线战况尤为惨烈

逃亡地主薛良臣引来一个团的敌人

妄图封锁箭峪口，切断

起义军的退路

把西线革命军和陕东赤卫队

消灭在山外

许权中、雷天祥率部

反复冲杀，打退了敌人

一次又一次的攻击

敌人像一只牛虻

甩也甩不掉

死死地盯住起义军

这一刻，薛自爽大喝一声

带着陕东赤卫队仅有的三十八个人

抢占了一处土坡高地

拼死掩护主力转移

下午，许权中的骑兵队返回

增援时，薛自爽的赤卫队

已伤亡过半

有了骑兵队打援

赤卫队又打退了敌人多次冲锋

夜幕降临

赤卫队从箭峪口向南山转移

撤到峪口时

一颗子弹

一束噩运之光

穿过薛自爽的胸部

跌倒在地的薛自爽说："我活不了啦

但枪不能让敌人拿走，给你们

你们快退，不要管我。"

……

箭峪口战场一片狼藉

一片悲壮

敌人用石头砸死了

多名革命军和赤卫队伤员

薛自爽躺在峪口西边一个沟道里

出生在箭峪河畔的薛自爽

带着一丝缺憾

此刻，他又回到了村庄

担任中线掩护的指挥员有两个人

一个人叫廉益民

是革命军政治部主任，另一个

是革命军党委书记吴浩然

部队撤退到牛峪口时，敌人尾随而来

两个人临危不惧

带领一个中队占领了

一个小高地

沉着迎敌

与战士们一起

浴血奋战

打退了敌人一次又一次冲锋

廉益民一边坚持战斗

一边用刚刚学会的秦腔戏

呼喊战斗口号

激励战士英勇杀敌

不料，一颗子弹飞来

打穿了他的肺部，跌倒在地上

前胸血流如注

卫生员跑来给他包扎

他指着一片刺菊说："我不行了，

不要拖累大家，把我放到那片

草窝里，赶快转移，赶快！"

二十七岁的廉益民

就这样，望着高塘塬的蓝天

流尽了体内的最后一滴血⋯⋯

冒着枪林弹雨

吴浩然与敌人展开殊死搏斗

不幸身中数弹

壮烈牺牲

与无数起义军民一起

长眠在渭华大地

夜色笼罩了苍茫的秦岭

白日的狰狞

沉醉在弥漫的血腥里

山风有情

抚慰着这支被斗志鼓舞的队伍

此刻，目光炯然的刘志丹

挥舞手臂，传导着一种必胜的信念：

"同志们，进了山就是胜利，

上万敌兵未挡住我们，说明咱们

比敌人厉害，

咱们是扑不灭的火！"

此刻，望着逶迤的秦岭

我的脑子里陡然跳出

两句诗来——

"为有牺牲多壮志，

敢教日月换新天。"

四

数天后

西北工农革命军的旗帜

插在了洛南两岔河

红色风潮

给端午节的小镇

平添了几分喜庆的喧嚣

赵雅生率第一大队

向南，进驻保安镇

与司令部形成掎角之势

便于策应

进退自如

但也是一步险棋

时不待我

形势迫人

进驻保安的工农革命军

一刻也没耽误

贴标语

杀恶霸

打土豪

分浮财

筑工事

一百五十多名革命军

厉兵秣马

防敌来犯

七月的第一天，地头蛇陈彦策

王庆侗的反动民团

红枪会一干人马

趁工农革命军立足未稳

携李虎臣残旅八百多人

从保安街东

从焦沟

从辋峪

从蒿坪东岭

团团将保安镇围住

敌人带着血腥

像一群饥饿的山狼

直扑上来

保安告急

革命军告急

勇士们利用建筑物

利用简易工事

与敌人展开激烈巷战

无异于近身肉搏

顷刻间

保安街道

血流成河

敌人轮番进攻

战士顽强抗击

死神在与时间赛跑

消息传到两岔河

总司令唐澍率近百名革命军

急驰保安救援

在镇西，兵分两路

一路抢占保安北山头

掩护部队突围

居高临下

与敌人一边激战

一边坚守山头

因侦察有误

唐澍一路一进入保安镇

就陷入了包围圈，唐澍指挥战士

杀开一条血路

在西河坝与赵雅生会合

又与敌人激战一阵后，从镇南

冲出重围

向两岔河方向

边打边撤

天黑时，部队撤到雷家院

敌人发现后，立即

调整部署

截断革命军退路

革命军再次被敌人重兵包围

借着夜色

唐澍一声令下，战士们

又杀出一条血路

向西北方的碾子沟突围

同时，两岔河告急

穿过敌人的枪林弹雨

十七八个战士牺牲在碾子沟口

这时，革命军只剩下十余人

分散突围

尚有一线生的希望

唐澍和警卫员沿碾子沟底撤退

赵雅生带人爬上沟东金弹山撤退

狡猾的敌人

调集兵力，再次包围了

碾子沟一带

一步一步紧缩包围圈

步步紧逼

将二人围困在白家坟土坎下

因伤势过重

流血过多，赵雅生牺牲

在一棵柿子树下

天亮时，四面传来野兽般的吆喝声

敌人密集的子弹

像雨点一样射过来

唐澍与战士们弹尽援绝

陷入困境

但战斗还在继续，唐澍忽然

中弹倒地

一言不发

躺在了警卫员怀里

……

当地农民用一张芦席，掩埋了

革命军总司令唐澍

第二天，敌人割下唐澍头颅

悬挂在洛南县城西门

示众十多天

洛南地形复杂

就像北方混战的军阀

变化无常

暗藏杀机

初来乍到的革命军

像进了迷宫

空怀一腔鸿鹄志

怎奈势单力薄

火焰般的霞光里

我只能看到战士高蹈的生命

只能看到先辈们决绝的背影

在这片血沃的山石里

却长出了深刻的思想

我来晚了

失约那场可以证明

我不是孬种的较量

我看到

那么多的人

那么多的车

专注于山村的清凉

追逐山路的弯曲

可我时常凝视山巅之外的远方

那一片红云

那红云里的故事

把它的某一个细节打开

怀想，或者沉思

一次次突围，凝固的是时间

敞开的是悬崖，是峭壁

和发红的枪管

喷射火焰的枪口

此刻，一个曾经的战斗遗址

静默在草丛中

它把自己沉淀成了一组浮雕

一座小小的革命纪念馆

此刻，给省委汇报的刘继曾

抵达两岔河

不久

敌人又向两岔河镇扑来

司令部转移到木岔沟，收集

整合了三百余人后

刘志丹与许权中、杨晓初

不气馁

不动摇

率部会合于蓝田张家坪，刘继曾

刘志丹、许权中、赵葆华

杨晓初、谢子长、雷天祥等人商议

面对严峻形势

决定取消

西北工农革命军旗帜

和军事委员会，不再开展苏维埃运动

隐蔽党在军队组织

身份公开了的党员转入地下

未公开的党员，留下

坚持斗争

部队由许权中指挥，设法保存

这支革命武装

然而，一个月后

数千名受蒙蔽的红枪会会员

在河南邓县，包围了许权中旅

——渭华起义

保存下来的革命武装

从此散失了

刘志丹坚定地说："失败不要紧，

跌倒了再干！"

第五章

星火
在陕北高原上闪耀

石榴花，火样红，

飞针走线到天明；

裹肚绣上花瓣瓣，

袜底绣上花柄柄；

花儿瓣瓣向阳生，

花儿柄柄连根同；

根根是咱苏维埃，

阳光是党救咱穷；

我娃穿上心不变，

步步都跟队伍行。

——渭华民谣

是鹰，总要搏击长空

哪怕乌云密布阴霾齐天

哪怕白色恐怖血沃原野

哪怕四面楚歌身陷囹圄

哪怕羽毛受损喋血山水

只要尚存一息

胸中的信仰都会澎湃

绝地反击

背水一战

不预留一星半点的幻想空间

决绝而乐观

刘志丹就是这样一个人

一个斗士

一个把信仰

深植于血液的战士

此刻，矗立在眼前的是一尊雕像

尽管这只是一幅照片

一件雕像的复制品

却仍然让我感受到一种凛然之气

与洁白的汉白玉一起

透着坚毅

与身后的翠柏一起

挺立天地之间

十六年前，你入选"为新中国成立

作出突出贡献的英模人物"

恍惚间

仿佛一切都是昨日之事

枪声已远

故事已老

可你还在高塘塬

还在与穷苦人一起

拉家常

对烟火

唱歌谣

多情的高塘塬记得

渭华的穷苦人记得

离开张家坪

你要去西安找省委

沿途暗礁密布

稍不留神

就会给革命造成损失

无奈之下

你只好化装成一个商人

躲避敌军的哨卡和密探

跋山涉水

迂回绕行

夜里不能住店

不能进村

村边的麦秸草堆子

不能流连

露宿荒野

一晚也要挪动几个地方

呼啸的山风

哗哗的山溪

惹得你辗转难眠

此刻，你躺在石板上

望着闪烁的星空

想起了遥远的家乡

想起了刚刚离开的高塘塬

想起了牺牲的革命勇士

想起了那面收起的战旗

那些散失的战士

更让你牵肠挂肚

此刻，你在思考

在反思

在反省

你知道起义失败

带给渭华的不仅仅是失落

无情的杀戮

残酷的迫害

随时都会像雾霾一样

降落在那片热土上，你知道

起义失败

带着血腥和教训

带着无法弥补的遗憾

此刻，你在思考

在总结

在谋划

未来的革命道路

明天的人生抉择

此刻，你格外清醒

推醒了护送你的陈祖舜

一声呼噜

一个细节

都可能给革命带来灾难

你必须谨慎

形势不容乐观

你仰望北斗

反复告诫："万一被捕，切莫

暴露身份，泄露机密。

革命的路很长，日后必定胜利。"

那一夜很美

那一次，让陈祖舜终生难忘

那之后，你的征程

充满了荆棘

充满了挑战

九死一生

但你从未退缩

从不后悔

这一年的秋天

你回到了陕北，受省委派遣

参加这里的革命

你天生就是一颗革命的火种

耐寒

顽强

只要有土壤

雨水

阳光

你就能生长

就能灿烂

你是抱着一个信念

回到榆林

回到陕北

矢志把高塘塬的歌谣

在这块熟悉的黄土地上

与信天游一起

孵化成另一棵庄稼

——建立共产党自己的武装

——建立革命根据地

既是教训

也是征途

你像一支离弦的箭镞

穿越迷雾

穿越高山

穿越险阻

穿越一切障碍

把自己砥砺成一块花岗岩

举重若轻

掷地有声

为此，你只争朝夕

一九二九年，红石峡

斑驳的岩石上

生长出一种图腾

一种思想

在这个姗姗来迟的春天里

与山间的摩崖

一起，成为历史的拐点

——"变敌人的武装

为革命的武装"

不亚于一场风暴一个惊雷

"三色斗争"①

三种模式

让人耳目一新

怦然心动

你是一位军事家

一名艺术家

你熟悉色彩的禀性

用不同的色彩

诠释了斗争的强度

这是一种发明

一种从骨子里迸发的灵感

红白灰三种颜色，代表三个阶层

三种形式

---

① 三色斗争，指 1929 年 4 月，中共陕北特委在榆林红石峡会议上，根据刘志丹建议，决定采取"红色""白色""灰色"三种斗争形式，创建革命军队。所谓"红色"，就是发动组织工农群众，建立党独立领导的人民军队；"白色"，就是派遣共产党人到白军中开展兵运，发展革命武装；"灰色"，就是争取、教育和改制绿林武装，为创建人民军队准备群众基础和武装力量。

三色革命

构成了那一年陕北武装斗争

创建革命军队的主旋律

三色斗争

以"白色"为主

但"红色"始终是你

革命的本钱

红色是火焰

热烈

奔放

崇尚中庸之道的国人

却自古喜爱红色

但凡与喜庆有关的活动

都会把"红色"作为基调

如今，红色

已成为一种情怀

一种象征

一种希望

一种传统

中国红——

根植于我们的血脉

源远流长

渭华起义让你对"红色"

又有了切肤的感知

别样的亲切

是教训

是经验

赤色革命

持续在你的躯体内

澎湃

三年中

你和谢子长、习仲勋在陕甘

持续发酵，组织了

多起"兵变"

让平静的黄土地荡漾起了无数

革命的浪花

策动了"太白收枪"事件

整编了三支农民武装

创建了南梁游击队——党在陇东

第一支独立的革命武装

在正宁柴桥子村，成立了

西北反帝同盟军

改编了工农红军陕甘游击队，建立了

陕甘边第一个红色政权

拉开了创建陕甘边

根据地和红色政权的序幕

两当起义，探索了

"白色"建军模式

锻炼了一批坚强忠贞的骨干

三年中

你巧用各种身份，打入国民党军队

伺机策动兵变

一次又一次的受挫

一次又一次的失败

甚至，死里逃生

恶劣的斗争环境

并未击垮，或者吓倒你

越挫越勇

七十多次兵变和武装起义

引起了敌人的惊恐与反扑

三年后

也是在秋天

十九岁的习仲勋，在照金

见到了刘志丹

第一次握手

习仲勋就感到了一种力量

这个大他十岁的人

正是他倾慕已久的英雄

那一刻

在一座石碾子前，两个人

惺惺相惜

畅怀长谈

尽管习仲勋刚刚长途跋涉

两人刚刚相识

但这并不影响他们的沟通

不妨碍两颗心的碰撞

从此，发动"兵变"与联合

地方武装，携手创建

革命根据地

成了两个人革命的共识

随后的三年

是值得大书特书的三年

这三年，中国北方

红色风暴席卷陕北高原

横扫陇东大地

革命的浪潮

一浪高过一浪

贫瘠的黄土地长出了山丹丹花

信天游唱出了新旋律

这三年，陕甘边区

迎来了革命的春天

遍地开花的武装斗争，进入了

一个高光季节

红二十六军和陕甘边根据地

像一个世纪婴儿

用一声洪亮的啼哭，唤醒了

黄土地的晨曦、鸟鸣，以及花香

反"围剿"斗争风起云涌

应运而生的西北根据地

天更蓝

水更绿

人更欢

地更阔

这一年，金秋十月

阳光普照大地

黄土高原迎来了党中央

迎来了长征之后的主力红军

很多年以后

毛泽东说："陕北是两点，一个

落脚点，一个出发点。""没有

陕北那就不得下地。"

一声高亢的信天游

从延安宝塔山上陡然响起

一只犀利的大雕久久不愿离去

盘旋在黄土高原上空

鸟瞰中国大地，澎湃的黄河

带着咆哮奔向大海

第六章

扑不灭的火焰

天上下雨地下稀，

莫笑穷人穿破衣。

土豪劣绅少得志，

人民革命剥你皮。

月亮缺了还要圆，

寒冬过后是春天。

鲜花谢了还会开，

革命军走了还会来。

......

心里记清"清乡"恨，

将来加利要讨清。

——渭华民谣

一

潮汐退去

嶙峋的礁石露出了狰狞

渭华风暴

在沾血的屠刀下

失却了晨露里的鲜活

白色恐怖

疯狂地反攻倒算

在阶级报复的底片上

定格成一群鬼魅

国民党省政府黔驴技穷

原形毕露

来不及化装

就粉墨登场，盘桓在高塘

和崇凝塬的上空

挥舞着屠刀

像一只饥饿的毒蜘蛛

贪婪而残暴

镇压起义农民

一时间

红色风暴所到之处

白色恐怖

黑云压顶

腥风血雨笼罩着渭华大地

"清乡团"

"连坐法"

土豪劣绅

地痞恶棍

与反动政府沆瀣一气

恣意杀人放火

面对一个个年轻的生命

毫无人性可言

极尽野蛮暴行

剜眼

掏心

断肢

分尸

无所不用其极

惨绝人寰

震惊朝野

三百多名革命志士

杀身成仁

有的父子同时遇难

有的兄弟一日遇害

有的全家被杀死

革命志士的房屋、家产

被尽数烧毁

拆除，或者充公

多数人家破人亡，妻离子散

秦岭北麓魔鬼横行

渭河两岸暗无天日

哀鸿遍野

一个野蛮的屠宰场

一场疯狂的霍乱

这是一九二八年的夏秋

带着体温的鲜血

浇灌出漫坡遍地的山丹丹花

在寒风里绽放

烂漫的油菜花呀

至今都散发着血液的馨香

哪里有压迫

哪里就有反抗

高塘塬

崇凝塬

再一次发出了愤怒的呐喊

再一次扣响了革命的枪声

播火记——诗记渭华起义

一

我刚从南梁归来

但我不能止步

我要去寻梦

我要去祭拜

我要替逝去的英灵控诉

为那片沃血的土地歌哭

我不顾春峭夏暑

秋热冬寒

一年四季

行走在渭华这片土地上

带着敬仰

怀着虔诚

开始我的长征

在渭河两岸的阡陌村庄

在九里高塘的沟壑山林

在崇凝塬的山川河道

在跋涉中寻找

寻找历史尽头的真相

历史打开的瞬间

总是惊心动魄的一幕

我的笔感到了愤怒

我无法绕过

无法回避

尽管这些暴行刺伤了

我的眼睛

但我还是不能无视

无视敌人的残暴

此刻，我只能一笔一笔地

记录在案

镌刻在我的心里

让怒火焚烧

涅槃每一颗冷漠的心灵

夜灯下

我惊愕地看到

——共产党员王授金化装转移

在王家崖河滩被捕，被清乡团

日夜折磨

压杠子

烙铁烙

最后，乱刀砍死

抛在河水深处

——赤卫队长王春龙被敌人害得

家破人亡，只身逃到三原

被捕后，清乡团用铁丝

穿在他的锁骨上拽回。半路上

恶差用刺刀

剜掉了王春龙的双眼

活活打死后，丢进山沟还不准收尸

——赤卫队员刘振升，身下被垫上

大小不一的石子，然后

用木杠碾压

用烧红的铁锨在身上烙烫

一次又一次

被折磨得死去活来

——苏维埃委员吉星照、赵振华被捕后

被活埋在高塘水泉沟口

县委秘书宁景俞被剖腹挖心

敌人把心挑在刺刀上

高喊："看谁还当共产党！"

——薛自爽牺牲后

恶绅王振乾刨坟曝尸，刀砍乱戳

清乡团拆了他家的三间大房，霸占了

六亩地，老母亲被迫沿门乞讨

妻子被逼改嫁

六岁儿子饿死荒野

——苏维埃清算恶绅总代表李万年

被枪杀，妻子上吊

儿子被踢死，两个孙子被杀害

——东王苏维埃主席王明周被杀害

妻子被强卖给一个盲人

——恶绅李彦堂在算王村一天就烧毁了

九十六间民房，杀害了

九名共产党员，村民杨芝女

与清乡团吵了一句嘴

竟被剁了右手，华县书记王林家

房子被拆，地被卖

父亲遭百般凌辱，在逃亡中

死亡，弟弟失踪

只身外逃，多年不能回家

舅父被恶绅敲诈破产

恶绅王文凤"清乡"时一次杀害了

十七名共产党员和赤卫队员

韩家凹党员韩登甲逃匿兰州

被敌人收买的便衣枪杀，清乡团

扬言要掘陈述善祖坟

曝骨天日，迫使陈述善父亲

落发为僧，无耻恶绅

史明鉴逼迫马建华母亲给他

做小老婆，恶霸地主

郭宝书在路上摆了

两把铡刀，逮住高塘人就铡

杀红眼的敌人

像一条得了狂犬病的野狗

一听说是共产党员

赤卫队员，不问青红皂白

抓住就杀……高塘塬

十一户被杀绝

四十五院房屋被烧毁

红色的高塘塬在抗争

多情的高塘塬在哭泣

我看到

渭南东西两塬

同样遭到反动派的血洗

清乡团一次在新庄屠杀了五个人

残暴的敌人用刺刀

挑开程养谦后背的皮肉

洒上盐水

百般折磨致死

那一年

程养谦才十九岁

赤卫队员周德俊三人被敌人

大卸八块

惨不忍睹

大闵党员曹春成三个人，被土豪

闵清秀杀害，恶霸郭忠文

杀害了王凤文等共产党员

逼得八家农民绝了户

十八岁的赤卫队员李久锁

被清乡团乱刀砍死

抛尸村外

他娘用芦席裹尸下葬

却被强行烧毁，外潜的共产党员

杨培琪在西安被杀害

宣化学校做饭的刘早早无故

坐了三年的牢房

……

除了杀戮

反动派大玩"以金赎罪"伎俩

勒索敲诈农民钱财

清乡团长王文凤榨取了

李万年三百块银圆，在大王村

勒索银圆两千多块，大烟土

一千四百碗，黄麓口苏维埃主席

宋宗微被榨走了两副棺材板，阎村

苏维埃主席被勒索了

九十块大洋，城关区委侯书记

被勒索了大洋三千六百块

渭南李维屏等人被勒索了三百大洋

同时，学校的学生

要一一出钱"赎罪"，恶霸豪绅

逼迫农民卖儿鬻女

倾家荡产

数以千计的百姓背井离乡

……

朋友，还不够吗

够了，我的朋友

我的脑袋开始膨胀

敌人的暴行

刺伤了我的双眼

够了

够了

我不忍再描述他们的兽行

我不忍再直面这血腥的场景

只愿我的初衷

能在这个丰饶的秋天

结出醒世的果子

让每一个前行的灵魂

记住曾经的苦难

记住曾经的流血

记住无名与有名的先烈

哪怕我们不曾相识

哪怕我们只能扼腕痛惜

哪怕我们只是路遇

只要永无止境

只要一往无前

眼前的麦田

身后的玉米

遥远的山林

蔚蓝的天空

高耸的山峰

挺拔的甜竹

就会葱绿我们的心灵

就会林荫我们的每一天

就会激励无数赤子

迎着晨曦走去……

三

渭华的红色风暴

白昼转到了夜场

穷苦人学会了思量

改变了策略

积蓄力量

伺机出击

与敌人隔空较量

不屈不挠

六月的一天晚上

党团县委在箭峪寺联席会议

部署白色恐怖下恢复

党团组织问题，会后向省委报告了

华县的革命现状

一个月后，陕西省委决定

合并渭南华县五一县委，成立

渭南中心县委

九月底，恢复了党对敌斗争

一时间

渭华大地红色风暴

潮头暗涌

以汹涌的气魄

铲除了危害群众的毒瘤

还了渭华的朗朗乾坤

一九二八年九月

何永安组织十几名起义农民

成立"地下反敌斗争队"

从此，处决恶霸

在高塘塬拉开了帷幕

——在寺门前路边，处死了上高塘

勒索民财的两个恶差

——在县城，处死了残杀无辜

横行西关市场的警察局长王硕甫

——高塘地下党镇压了

祸害农民的高塘县佐李凤池

这是一个风云变幻的年代

这是一个九州被军阀割据的年代

这是一个民族深陷泥潭的年代

这是一个正义刚刚吐芽的季节

是与非

对与错

正义与邪恶

民意与霸权

被强奸

被混淆

被涂炭

被强权腰斩的时代

这一年

华县迎来了一个进步县长

一切邪恶暂被遏制

民众的呼声

唤醒了沉睡的正义

反动派欠下的血债，化作

一把利剑

刺向罪恶的心脏

——徐振夏利用合法身份

处决了杀害省农协会长王授金的高辛生

处决了在算王村杀人放火的王双善

——赤卫队李振杰、马建华

借开明绅士之势

组织群众状告史明鉴

杀害李万年一家五口，让史明鉴

拿出三百大洋

搭台祭奠

祭奠李万年一家被害

大灭了恶绅的威风

时隔半月

又秘密处决了

这个双手沾满共产党人鲜血的恶霸

开仓分了他的粮食

——大恶霸王佐、薛良臣等人

被关进了县府大牢，等待人民审判

——清乡团杨建善父子

狼狈为奸

为虎作伥

郭恒彦和老赤卫队员拿着土枪

棍棒，埋伏在史家湾路旁

一拥而上截杀了

恶丁杨来升，夜里

又用麦草熏死了

杨建善，为九名赤卫队员

讨还了血债

此刻，我站在一口枯井前

一口烈士殉难井

突兀在我的眼前

沉默的老井呀

此刻，敞开了她的心扉

对我讲述了她的遭遇——

华县的交通员

苏维埃宣传委员李邦彦

像一只报春的百灵鸟

用他悦耳的歌喉

播撒党的雨露，他还是一只

伶俐的啄木鸟

带领梁村的赤卫队

查抄了三个土豪劣绅的家

是恶霸的眼中钉

肉中刺

劣绅梁尔凤勾结清乡团

抓捕了李邦彦

捆绑吊打

酷刑诱逼

但十八岁的李邦彦视死如归

没有泄露党的秘密

与十几名一同遇害的赤卫队员

一起被投入枯井

李邦彦家被抄，一家人

远走他乡

从此，杳无音讯

从此，这口老井开始枯竭

它只能用沉默

表达它对烈士的哀悼

眼下，这个起义旧址

当年的高塘小学，是革命军的

司令部，也是渭华起义指挥部

此刻，这里是后人

凭吊渭华先烈的红色景区

枯井的故事

也许有些遥远

有些陌生

但我看到，大凡驻足井前的人

临走时都会发出一声

由衷的喟叹

四

不绝于耳畔的

还是渭华英雄抗争的呐喊

我继续行走

行走在历史与现实之间

丰富我的思想

强壮我的躯体

在历史的缝隙中寻找

打捞

过滤

甄别

被正史遗漏

却在民间

茁壮生长的故事

——清乡团头目史载壁

豪绅韩福斋，对苏维埃

恨之入骨

起义失败后，清乡团秘密抓捕了

苏维埃宣传委员韩玉炎

关押在清乡团部

韩良寨的杨新英和杨树屏召集

四乡五村的穷苦农民

向清乡团要人——

一大早

数百农民拿着马刀、铁叉

举着铡刀

堵住了清乡团大门

豪绅韩福斋出面

与愤怒的群众斡旋交涉

韩福斋说："父老乡亲们，有事

好商量，你们先回去，我

保证放了韩玉炎。"

农民高呼："不放韩玉炎，我们

死也不离开！"

对峙持续到第二天

毫无结果

地下党负责人王苇南

派人赶到现场

协助杨新英与恶霸斗争

那天，农民冲进

清乡团驻扎的谷堆小学

内三层

外三层

团团围住惊恐的清乡团

农民高呼："要杀

杀全村，不杀放玉炎！"

农民高喊："全村保玉炎，

不放玉炎不罢休！"

农民的呼声

挟带着阶级的怒吼

激荡在学校的上空

这时，人群中

响起了声讨的民谣：

"韩玉炎，庄稼汉；

人诚实，心底善；

为什么抓到清乡团？

头上有青天，

脚下有良田，

胡乱抓人太欺天！"

斗争现场

群情高昂

赤卫队长杨树屏赤膊上阵

挥舞大刀，高喊："史载壁，你听着！

今天不放韩玉炎，叫你这王八官

也当不成！"

蜂拥而至的穷苦人

怒吼的浪潮

夹带着电闪雷鸣

一波接一波

撞击着敌人的灵魂

清乡团的人窝在屋子里

不敢轻举妄动

手里的步枪变成了烧火棍

史载壁见识过革命群众的威武

早吓破了胆

躲在屋里不敢吱声

杨树屏见韩玉炎被绑在一旁

二话不说

挥舞大刀

割断了绳索

警告龟缩的团丁："不许动，

谁动先开谁的瓢。"

韩玉炎得救了

英雄辈出的高塘塬沸腾了

垂头丧气的清乡团

从此，再也没敢进韩良寨

——我见到吉大海的那一刻

心头一震

一夜间

遍体鳞伤

几近昏厥

生龙活虎的赤卫队员

身怀武艺

却被两个团丁架着

才能站立

宁静的老爷庙躁动起来

郭振西啸叫："老子和共产党

是死对头，抓一个砍一个，

抓两个砍一双，我要叫你们知道

闹共产的下场。"

刽子手逼迫吉大海跪下

壮士怒目圆睁

一口浓痰射向张狂的恶霸

宁死不跪

一阵大笑

触疼了郭振西被吉大海

打伤的眼睛

恶霸兽性大发，夺过

团丁手里的刺刀

剜出了吉大海的眼珠子

吉大海挺直腰杆，高喊："共产党

是杀不完的，我今天倒下去，

明天会有更多的人

站起来，共产党万岁！"

群情被点燃——

"共产党万岁！"

"共产党万岁！"

"共产党万岁！"

口号变成了呐喊

惊涛拍岸

振聋发聩

疯狂的郭振西砍下了

吉大海的人头，悬挂在

庙前的铁杆上

翌晨，吉大海的头不翼而飞

尸体也寻不见了

三天后

柿村清乡团总部被砸毁了

集太的劣绅被杀了

大明村清乡团长的头掉了

没有人明说

大家心里明镜一样

长长地吐了一口恶气

只可惜了吉大海

又过了三天

一头骡子驮着恶霸回柿村

半路上

一颗复仇的子弹

从竹林飞来，郭振西应声

跌下骡鞍

两个团丁，只恨爹娘

少生了两条腿

比兔子跑得还快

当晚恶霸郭振西的狗头

就挂在了

老爷庙前的铁杆上

好几天，没有人敢靠近铁杆

唯恐地下党的枪子儿

寻上门来

以牙还牙

血债必要血债还

这不是个人恩怨

这是一个阶级对另一个

阶级的战斗

这不是简单的改造

仁慈的改良

是对旧世界的重建

——起义时，大恶霸宋忠武

潜逃省城，躲避了清算

这次回来

他成了清乡团骨干，抓走了

陈居敬和陈金满

剁下了陈居敬的双脚

枪杀两个起义勇士，又勾结高塘

清乡团，在山上抓住了

团县委书记王云和支委宋宗微

一下子抓住两个"大官"

忘形的恶霸幻想着扳回一局

给穷苦人"醒醒脑"

计划在高塘集上钉"活门神"

杀一杀共产党人的威风，然而

正义之神降临

两个人当夜逃脱了魔掌

祸害乡里的宋忠武，欠下了

累累血债

红二十六军南下渭华

创建新的根据地，不料部队

陷入重围

战士散落渭河两岸

计划失败

刘志丹、王世泰找到了

高塘地下交通站

那天，他一路走来

满目疮痍

怒火中烧

大王村，遍地新坟

东王村，物是人非

算王村，凄凉破败

柿村，焚烧殆尽

铁里，成了废墟

朱张，田地荒芜

方寨，人去村空

起义指挥部，被敌人占领

这所寄托了刘志丹

和他的战友

凌云壮志的小学校园

此刻，再次燃起了他的怒火

费尽周折

总算与华县地下党接上了头

在一个叫宋家坟的地方

刘志丹与十几名地下党员

一一握手拥抱，席地召开了会议

选出参加陈家滩省会议代表

此刻的高塘塝

只有虫鸣在给他们伴奏

低潮中的共产党人

需要怎样的坚守呀，才能等到

云开日出的晨曦

他们是大地之子

黎民之子

他们是顶天立地的汉子

他们是一群决绝的革命者

有了他们的坚守

那是一个国家的幸运

一个民族的福祉

此刻，我不知道

不知道该用什么样的诗句

什么样的词语

表达我对九十七年前

这些为了信仰

抛舍小家

给穷苦人撑腰壮胆的勇士

那些默默死去的壮士

我迟到的敬意

我虔诚的膜拜

此刻，我才真正懂得了

课本上"抛头颅

洒热血"的真正含义

懂得了"牺牲"的价值

懂得了"流血"的意义

懂得了"国家"的重量

懂得了"奉献"的美好

寻找

寻找

寻找

我还要寻找

我还要坚持我的长征

我觉得

尽管此刻我的躯体

已经与这块土地融为一体

但我还要行走

永不停歇

永不沉默

用我的歌喉

赞美这块土地的丰饶

传唱最美的民谣

黎明来了

苍茫的黎明

唤醒了我

让我回到了一九三三年七月

一阵密集的枪声

交通员跑来说："挨炮的宋忠武

抢了个黄花闺女做小老婆，过人哩。"

老汉话头一转

警惕地说："四处都是岗哨，

还上了刺刀，这阵势不对呀。"

刘志丹思忖了一下，说："既然来了，

咱们也该送些礼啰。"

晌午，宋家鼓乐喧天

鞭炮齐鸣

门庭若市

要拜花堂了

凑热闹的人群一下子

围住了花堂口

此刻，人群中

两个戴礼帽的"绅士"

挤进人堆，从长袍里掏出

盒子枪

对准了宋忠武的脑袋

双枪齐射

一声枪响

恶霸宋忠武倒在了血泊里

庭院里一片大乱

等守卫明白过来

两个"绅士"

两匹快马

早已绝尘而去

此刻，抬头望去

那面战旗

仍在玄君庙上空飘扬

此刻，一阵琅琅的读书声

从起义指挥部遗址东侧越墙而来

我在猜想

那些略显稚嫩的面孔

无邪的声音里

究竟沉淀了英雄多少基因

才使他们的声音

如此的烂漫

如此的轻盈

纪念馆老馆长刘京运说："每个学期

娃娃都开革命教育课哩。"

诗 跋

高塘还要红起来

这是一片热土

一旦踏上

就无法忘却她的绵长

在仰望与行走中

总能看见那面猎猎的战旗

在九里高塘的天空飞扬

走过这里的山水

哪怕是不经意的一瞥

回首间的抚摸

总有一抹红

从我的眼底滑过

这是被血液滋养过的原野

这是一片生长英雄的沃土

这是一个自带历史的地方

每一支麦穗

每一个玉米棒子

每一株甜竹

每一苗烤烟

每一树柿子

每一丛山林

就连这里的土壤

也要比塬下的坚实

细微的血管里

流淌的不是苦涩的汁液

不是轻歌曼舞的鸟语，澎湃的

是革命先驱的血液

是革命志士的信仰

每一棵植物

都把自己长成了一座丰碑

咽下一口甘甜的竹沥

我回到了现实

走过一把把生锈的铁刀

一支支断裂的长矛

一杆杆简陋的火枪

那该是怎样的一场战斗啊

我无法想象

黢黑的豆油灯盏

悄声告诉我

这里还要红起来

此刻，我看到

原野上飞起一只火鸟

带着光环

带着梦幻

带着涅槃后的欢歌

盘旋在我的心头

沐浴在金光里

仰望高耸的纪念塔

燃烧了九十七年的那把火炬

丝毫没有疲倦的神态

朋友啊，请原谅

我的固执

我对火焰的痴迷

这可不是一首诗歌

一首民谣

能承载的重量

火影里

我看到了我行走的身影

看到了盛开的桃花

看到了圣洁的玉兰

看到了镰刀锤头旗下烂漫的原野

在我的视野里

像一滴洇开的彩墨

模糊了我的双眼

一阵宣誓的轰鸣，打破了

高塘塬的寂静

此刻，我以一名老兵的身份

进入方阵

站在烈士纪念碑前

时间一片苍白

天空一片澄明

大地一片宁静

……

2020 年 3 月 18 日初稿于空斋

2025 年 1 月 1 日定稿于渭南

参考资料

1.《陕西党史专题资料集（四）之：渭华起义》，中共陕西省委党史资料征集研究委员会 1985 年 11 月编印。

2.《播火——从渭华起义到陕甘根据地》，中共渭南市委党史研究室著，中共党史出版社 2018 年 4 月出版。

3.《火炬照亮北方——渭华起义的信仰精神与历史地位》，中共渭南市委组织部、中共渭南市委党史研究室 2016 年编著。

4.《渭华起义故事》，中共渭南市华州区委组织部 2018 年 4 月编著。

5.《渭华起义》，渭华起义旧址文管所编，陕西人民出版社 1988 年 5 月出版。

6.《渭华起义英烈谱》，马宝庆、许发宏主编，陕西人民出版社 1988 年 4 月出版。

7.《渭华起义故事歌谣集》，赵建文、孙水法编选，陕西人民美术出版社 1987 年 12 月出版。

8.《渭华起义的革命精神永放光芒——纪念渭华起义爆发九十周年》，李新烽、刘京运 2018 年 5 月 21 日在《人民日报》发表。

9.《彤塬红辉映今朝——话说高塘塬》，秦三民主编，西安地图出版社 2018 年 4 月出版。

后记

为了忘却的行走

20世纪20年代，中国正处于辛亥革命之后的又一个大变革的时代。伴随着北伐军胜利的步伐，在西北黄土地上，革命的火种也已经悄悄地点燃了。

大革命失败后，国民党大肆屠杀共产党员，1927年8月7日，中共中央秘密召开八七会议，确定了实行土地革命和武装起义的方针。1928年3月，中共陕西省委根据中共中央的武装起义方针，决定在陕西省渭南、华县地区组织武装起义。起义军在渭华地区坚持斗争两个月，形成了以华县高塘、渭南塔山为中心，纵横约二百平方公里、拥有数十万人民的红色武装割据区域，开创了陕甘地区工农武装割据的新局面。

渭华起义是在全国大革命陷入低谷时，继南昌起义、秋收起义和广州起义之后，全国最具影响的起义之一，它打响了西北武装革命的第一枪，为以后陕甘根据地成功创建积累了经验。渭华起义充分展示了渭华人民的英雄气概，极大地鼓舞了陕西党组织和人民的斗志，也震撼了国民党反动派的统治。

用诗歌书写渭华起义，是我一直以来的愿望。尽管近在咫尺，却一拖再拖。终于在今年秋天的一个周末，我专程到渭华起义纪念馆祭拜了先烈们。随着我行走的深入，九十多年前的这次农民起义，再次深深地感动了我几近麻木的灵魂。

这不是一次简单的行走。

这不是一次单纯的祭拜。

这是一次精神的洗涤。

这是一次灵魂的对接。

不能把九十多年前的渭华起义当作一次普普通通的革命起义。她是党的八七会议后，在土地革命战争时期的西北，党领导的对即将到来的土地革命的实战演习，是"我们一切工作的试验区"。渭华起义是一面镜子、一把尺子，她的功绩，她的光芒，她的教训，都是中国革命走向胜利的镜鉴。

历史充满了诡辩。

历史也充满了人性。

渭华起义的精神永远是我们前行的动力。

路漫漫兮吾将上下而求索。站在波诡云谲、风云激荡的中国革命的山巅，翻开渭华起义惊心动魄的历史，我感到了从未有过的震撼。

这是一次血与火、灵与肉、生与死、正义与邪恶、进步与反动的抗争、博弈、较量，是对人性的考验。在民族复兴路上，在自我塑造中，她都是一把利剑、一面照妖镜，一切善恶、美丑、曲直、真伪乃至高低，原形毕现，立见分晓。

渭华起义是一座无言的丰碑。

遇见你，是我的幸运。

感谢所有为渭华起义撰写文章的作者，没有你们的辛劳，就没有《播火记》。

是为记。

2025 年 1 月 1 日自识于集虚堂